Minimal existencial

Paulo Tavares

Minimal existencial

jabuticaba

Dados Internacionais de Catalogação na Publicação (CIP) de acordo com ISBD

T231m Tavares, Paulo

Minimal existencial / Paulo Tavares.- São Paulo : Edições Jabuticaba, 2022.
72 p. ; 14cm x 21cm

Inclui índice
ISBN: 978-65-00-42802-5

1. Literatura portuguesa. 2. Poesia.
I. Título.

CDD 869.108
2022-970 CDU 821.134.3-1

Elaborado por Vagner Rodolfo da Silva - CRB-8/9410

Índice para catálogo sistemático:
1. Literatura portuguesa : Poesia 869.108
2. Literatura brasileira : Poesia 821.134.3-1

Revisão: Marcelo Lotufo e Daniel Francoy
Design miolo: Pedro Spigolon
Design e imagem da capa: Helena Freddi e Bruna Kim

Respeitamos, nesta edição, a ortografia utilizada pelo autor.

ISBN 978-650042802-5
9 786500 428025

REPÚBLICA PORTUGUESA
CULTURA
DIREÇÃO-GERAL DO LIVRO, DOS ARQUIVOS E DAS BIBLIOTECAS

Obra apoiada pela Direção-Geral do Livro, dos Arquivos e das Bibliotecas/Cultura - Portugal

Edições Jabuticaba
www.ediçõesjabuticaba.com.br
www.facebook.com.br/Edjabuticaba
instagram: @livrosjabuticaba

SUMÁRIO

Um valor simbólico

"Minimal Existencial", segundo livro do português Paulo Tavares, chega ao mercado editorial brasileiro doze anos após a sua publicação em Portugal. O que se seguiu – os anos 2010 – foi um período de grandes mudanças, com a ascensão das redes sociais, a submissão do cotidiano à inteligência dos algoritmos, a polarização da vida política, a desconstrução dos fatos como forma de impor uma narrativa, o consequente esboroamento dos processos democráticos, e o colapso climático e sanitário. Não por acaso, o sentimento hoje predominante traz elementos do horror apático e da saturação de informações. Há um esgotamento e uma desesperança tão latentes que a distopia parece ser o único modo de se pensar a realidade.

Nesse contexto, é admirável que um livro escrito há mais de dez anos tenha intuído de maneira tão precisa o que viria, pois é um mundo distópico, imediatamente reconhecível a quem lê, que Paulo Tavares nos traz em "Minimal Existencial" – uma obra que, logo em seu início, traz duas informações plenas de estranheza: o aviso de que se ali se inicia a leitura de "poesia para duas personagens e um narrador" e que ir além configura "uma ação completamente irreversível".

Seguem-se poemas em que Tavares fala em "espaços inabitáveis", em "tomar outra direção quando a morte entre os escombros tornou-se suportável", em "marcas de pilhagens e de destruição". Não demora e quem lê percebe que está diante de um mundo insustentável, e então regressa, em forma de pergunta, o aviso que abre "Minimal Existencial": se estamos diante de poesia para duas personagens e um narrador, quem seria o narrador e quem seriam as personagens?

Uma possível resposta pode estar no fato de que os poemas apresentam um ponto de concordância: são relatos, a narração de algo que se passou e que trouxe uma fratura, mas também são apontamentos de como a vida – precária – continua, e é na duração dessa vida entre escombros que se situa o poeta. Por vezes, Tavares se refere a outras criaturas: um estrangeiro que não escapa da miséria, crianças, pessoas que ainda sorriem em fotografias, e entre estes breves encontros se destaca, pela sua reiteração, a aparição de uma mulher, que, ao apontar uma possibilidade amorosa, traz à tona a ideia de uma cumplicidade após o colapso do entorno. É sintomático que, em determinado poema, o poeta utilize a primeira pessoa do plural ao trazer a ideia de permanência no vórtice de uma tempestade.

Estamos, portanto, diante de uma história de amor? Uma das epígrafes que abrem o livro remete a "Sinais de Fogo", de Jorge de Sena, monumental romance de apresentação que trata, sobretudo, da história de um primeiro e devastador amor.

Não há respostas claras, e a pergunta também pode ser colocada da seguinte forma, evocando Beckett: o que Paulo Tavares nos apresenta é uma encenação sobre o que perdura, da experiência humana, após a devastação? O interessante é que essa possível aproximação com o escritor irlandês assinala, também, o seu afastamento.

Afinal, se em Beckett o colapso se consuma por meio da falência da linguagem, com a consequência da incomunicabilidade, a poesia de Paulo Tavares aponta para uma saída mais iluminada, a saber: o resgate da linguagem – que, pouco a pouco, vai se afirmando como um importante eixo de "Minimal Existencial".

Esse resgate da linguagem – e, no limite, da poesia – fica evidente na resposta dada pelo poeta à pergunta que ele próprio formula no poema "Fôlego Híbrido", ao se indagar "quanto vale a visão de um futuro ou toda a duração/ de um poema, se já pouco resta da inocência,/ e se nada preserva o fôlego híbrido dessas crianças/ que correm – e gritam – pelas cidades queimadas/ antes de extinguirem", e a resposta é: "um valor simbólico".

Um valor simbólico, reconhecemos, é uma potente definição da poesia. Se há linguagem, por mais escassa e gasta que se apresente, ainda há símbolos; e, se há símbolos, há literatura – a possibilidade do gesto literário não apenas como uma reação, mas também uma afirmação, algo que por um momento afasta a morte ao passar de coração em coração.

Contudo, se há um aceno ao resgate da linguagem, e se isso constitui uma esperança ou pelo menos uma saída, a busca em que se lança o poeta em "Minimal Existencial" também encontra perigos na própria linguagem, que se revela viciada, incapaz de "uma ilusão fiável", contaminada por "uma carga excessiva de pântanos urbanos e mitologias antigas", em que "a fala se torna um processo cada vez mais mecânico, mas desprovido da eficácia das máquinas", em que o poeta percebe a iminência de sucumbir "cheio de verdades ou cheio de antídotos".

Logo, outro modo de se ler "Minimal Existencial" é observar como Tavares enfrenta os perigos acima, ou seja, também temos aqui um livro sobre o fazer poético após o mundo se tornar escombros, com a automação da linguagem e das relações humanas.

Para dar conta da empreitada a que se propõe, o poeta, como se estivesse diante de um tabuleiro, vai apresentando os eixos do livro em pequenas seções, transformando-os em questões e temas que vai desenvolvendo com admirável lucidez, buscando encenar e encontrar o próprio lugar do humano e da literatura no mundo em declínio, o que se conecta com a advertência, grafada em letras maiúsculas, que abre o livro.

UMA AÇÃO COMPLETAMENTE IRREVERSÍVEL, afinal, aponta para a irreversibilidade do gesto literário, para a busca do poeta e a sua necessidade de resgatar a linguagem, cambaleante entre o cansaço e a necessidade de afirmar a sua permanência num mundo destruído, entre o horror puro e a busca por algo tão mais valioso porque opera com valor simbólico – e, sabemos, um valor simbólico é algo que modifica de maneira irreparável a realidade tanto para aquele que escreve como para quem lê.

Daniel Francoy

[*poesia para duas personagens e um narrador*]

Sinais de fogo, os homens se despedem,
exaustos e tranquilos, destas cinzas frias.

Jorge de Sena

Duração, meu sossego.
Duração, lugar do meu descanso.

Peter Handke

AVISO:

ESTA ACÇÃO É COMPLETAMENTE IRREVERSÍVEL

Linha a linha

Segue linha a linha
a página ausente, o texto corrido
até ao abismo disperso.

Que máquina progressiva é essa
que opera a construção da metáfora
com a frieza neutra de um algoritmo?

Repara: o chão que te sustém é flexível
ao ponto de te engolir por inteiro.

Foi preciso tomar outra direcção

Foi preciso tomar outra direcção quando
a morte entre os escombros se tornou suportável.
Inventámos, então, nesse momento de puro ímpeto,
um novo continente. Inventámos a vasta planície,
para que os novos seres nela pudessem correr livres,
sem nunca ouvirem falar da bílis negra ou de deuses.
Mas a planície era finita, assim como o nosso poder
sobre a matéria e sobre os seres. E para além
dos limites recentes, apenas glória e morte
compunham uma vaga ideia de céu.

Mês de Capricórnio

Dia soturno no hemisfério:
o ar frio, de uma espessura quase orgânica,
rebenta em lucidez pequenos infernos íntimos.
Expande – quantas dimensões?, para além
do visível maciço. As veredas e os atalhos
desembocam em cavernas citadinas; das janelas,
diluídas de perspectiva, impõem-se imediatamente
outras janelas – tão óbvio o labirinto.

E o futuro, como a metrópole,
constrói-se assim, exacto e imponderável,
quando a consciência de ser em vida,
toda a duração, cintila fugazmente
noutro hemisfério.

Volume incerto

Espaço inabitável

A solidão,
tão completa
de tão pouco
que havia
a partilhar,
dilatava o espaço
inabitável
entre o humano
e a sua expressão.

Ruptura – i

A mulher nua ao canto,
encoberta pela penumbra,
repetia numa voz monocórdica
o murmúrio das raízes.

A sua boca estava cosida,
e o homem sentado numa cadeira,
sob a luz intermitente,
esperava a guilhotina automática
sem se mexer.

Nas veias de ambos,
pequenos bichos metálicos
reproduziam o som fascinante
de velhos fonógrafos,

assassinando
cirurgicamente o admirável
instante real.

Ruptura – II

Quando a guilhotina automática
entrou no compartimento exíguo,
o homem já não sentia os braços
e os olhos da mulher transformaram-se
de repente em fontes de mercúrio.

Atrás da guilhotina,
projectavam-se em negativo
breves saídas de emergência.

RUPTURA – III

Levantou-se e saiu
ainda gotejante.

Tinha uma mala de viagem à espera
e um caderno de pequenos textos
onde colara durante intervalos estáveis
recortes de películas a preto-e-branco.

Na mala, faltavam algumas
peças de roupa essenciais;
no caderno de pequenos textos,
finais plenos.

No entanto, era óbvio para ela
que bastavam aqueles dois utensílios
para suportar o peso inconstante
da felicidade ou do infortúnio
e que neles caberia o volume incerto
de qualquer aventura.

A EVIDÊNCIA DO DIA

Compasso de espera

Ainda as marcas da pilhagem
e a destruição da noite anterior,
o disparo das sirenes ecoando contra
os edifícios devorados pelo impacto
– e o dia que nasce lento e hostil.

Ainda o som hipnótico
das ambulâncias, a repetição aguda
dos alarmes de incêndio

e a antiaérea, dentro e fora
dos espaços íntimos,
num infernal compasso de espera.

Desperto subitamente

Desperto subitamente
para o fim de um tempo,
mas eis que em redor tudo permanece
idêntico na sua angustiante burocracia,
na intocável falta de sentido.

De pouco me vale, portanto, gritar
na direcção do magma das origens
ou levar as mãos frias ao encontro
dessa superfície incandescente.

Aperto-as junto às têmporas
e tento abafar o ruído insuportável
em redor dos séculos. Estaremos loucos?
Estou só: Santa Apolónia deserta
é ainda uma promessa envolta em ruínas.

Fôlego híbrido

Pergunto-me
neste momento em que ainda não morri,
mas em que a vida se esvai velozmente,
quanto vale a visão do futuro ou toda a duração
de um poema, se já pouco resta da inocência,
se nada sustém o fôlego híbrido dessas crianças
que correm – e gritam – pelas cidades queimadas
antes de se extinguirem.
Pergunto e respondo:
um valor simbólico.

Órbita irregular

Sento-me
sobre os despojos do mundo já antigo
para repensar um pouco as suas órbitas,
mas eis que o silvo dos projécteis,
o fumo, a fúria e o caos me impelem
do mesmo modo, mas não totalmente
rendido, à corrida por um abrigo:

órbita rasteira de aves pomposas
na debandada da migração.

Os passos em chama

Os passos em chama.
Nem uma ilusão fiável,
nem uma palavra precisa,
no exacto instante retido
ou dissolvido entre vértices
– e o novo e eterno desejo
de plenitude.

Insuportável loucura:
ambicionar sóis amenos
no seu extremo de vida.

Sobre estas linhas férreas sobrepostas

Sobre estas linhas férreas
sobrepostas, quantas vezes nos foi tangível
o fosso eterno – a improvável
circunvalação do universo; quantas vezes
nos surgiram aleatoriamente
absurdos indispensáveis: barcos níveos,
cortinas densas, a lírica perdida
de vocábulos redondos com arestas.

Dos fenómenos protensos

Edmund, o tempo – consumiu-se.
Pensei-o livre de qualquer disciplina
e ele nunca fluiu. Nenhuma primavera
se desprendeu por completo, como os frutos
do poeta, de um contorno sazonal.

Pensei-o livre, olhando a ampulheta,
fixando o meu sentido no grão que caía
e jamais na liberdade do intervalo.

[MERCÚRIO.VÉNUS.TERRA.MARTE.JÚPITER. SATURNO.URANO.NEPTUNO.]

Recolhi toda a radiação cósmica
de fundo, mas depois fui repetindo
«o universo é um eco de vozes gastas»,
como alguém que envelhece
sem sabedoria.

A morte é estranha
e existe.

Órgãos vitais

Podes despir
esse vestido de serapilheira,
mostrar os restos podres da vindima
e dizer-me: «vês, morri».

Também eu fui
adormecendo, também eu tentei
reconstruir os órgãos vitais,
desenhar um a um os contornos do corpo,
embora me faltassem as ferramentas
para materializar o complexo circuito
da memória.

Agora, olhas-me
com os mesmos gestos estáticos,
enquanto o coração palpita noutro lugar
e a boca vai soltando larvas e morcegos.

Podes dizer-me que morreste.
Os mortos entendem-se bem.

As ruas desertas

As ruas desertas, sujas,
e ainda o calor da agitação nocturna
quando a manhã se expande
como néones pelas sarjetas.
As mesmas ruas onde,
pouco antes, nasceram filosofias,
teorias e tratados sobre o amor,
sobre a arte, sobre alguns
géneros de solidão.

No retorno em declínio,
sobram os dejectos, o calor esbatido
pela manhã e um pensamento
no limite da ressaca:
é preciso andar nestas ruas desertas
depois de toda a ocupação.

Amazónia

Como pipocas salgadas
e analiso o voo das andorinhas
que se despenham contra
os viadutos de betão,
enquanto tu,
seguro da altitude, equilibrado
ao longo de uma ténue platibanda,
treinas o efeito das pedras
nas janelas que restam intactas.

Passo com a língua pelos dentes,
aponto, através dos telhados, na direcção
onde os veículos dilatam o horizonte,
falo-te nas baleias que dão à costa,
perseguindo um estranho apelo magnético
– estão para lá
deste horizonte de fumo negro.

E, então, quando ambos perdemos
o equilíbrio e as janelas se quebram
sem contacto, a assimetria dos telhados
transforma-se também num denso
volume de betão.

Insisto
em falar-te das florestas míticas
da Amazónia, mastigando às escondidas

o milho duro dos prédios cinzentos,
das antenas dilaceradas

– velhas campas aéreas.

VÓRTICES – I

A tempestade
crescia em intensidade,
mas no interior dos tornados
permanecíamos calmos
e alheios à destruição circundante.

O nosso pequeno astro,
a nossa enorme caixa mitológica,
era por vezes um pesadelo físico
mas intocável.

Por isso, permanecíamos
calmos e alheios,
enquanto a tempestade
fora das tempestades
estalava telhados e ossos,

um universo em série,
esculpido até à mais perfeita simetria.

Vórtices – II

Nem um gemido
se ouviria
quando finalmente os destroços
lançados pelo vento
nos arrancassem a roupa
e os membros e as crenças,

porque então os olhos
ou as mãos
nada mais fundariam
do que frágeis conceitos
no indecifrável
obscuro das profundidades.

Se depois nada restar

Se depois nada restar
desta breve história de revelações,
se nada ficar intacto ou imune à lâmina
magnética da actividade global,
lembra-te de que os pássaros são livres
e mesmo para eles, deslumbrados pela
liberdade, os homens criaram gaiolas.

Linhas de fuga

Estrangeiro

E este homem que fala agora,
estrangeiro, sem identidade,
roubada algures num qualquer sistema
de alienação induzida, se o conseguissem
compreender, a este homem, agora triste
e melancólico, se não produzissem
olhares alheios, bocejos, bocas submersas
noutras pronúncias, saberiam que ele
nunca desistiu do seu país, do seu continente
e de um pouco de humanidade.
Se a sua linguagem não fosse jogada
no compartimento onde os objectos inúteis
são empilhados, sem a coragem de os lançar
definitivamente ao lixo, talvez não o olhassem
como olham para quem pede esmola
– coisa aberrante, a expectativa.

Portanto, ele continua a falar,
muitas vezes para o vazio,
num processo cada vez mais mecânico,
mas desprovido da eficácia das máquinas.
Até a linguagem que usa se perder,
inevitavelmente, numa falta de sentido.

Anunciação

Salto o muro
alto para o outro lado
das civilizações devoradas pela cinza
e pela incompreensível guerrilha
do prazer instantâneo.

> [Esvaem-se rios.
> Fuzilam-se arquipélagos.
> E as bandas filarmónicas silenciam-se
> às bombas de dispersão – melódicos
> celofanes.]

Salto o muro
alto para outro lado,
levando uma carga excessiva de pântanos
urbanos e mitologias antigas,
mas depois do salto
que encontrarei, Arcanjo Gabriel?,
para além do peso
da queda.

Depois da noite

Depois da noite,
ou apenas do seu indício,
surge a voz rouca dos bosques e das marés,
comprimida pela agonia do abandono.

Em desespero,
procuramos por entre a vegetação
onde plantámos
pequenas sementes de quasares
um momento elástico que brote da terra,
se prolongue pelas eras
e nos sustenha para sempre
no útero inviolável das promessas.

Perseguimos a bonança
onde hoje restam espaços inabitados
e matizes repetidos: árvores nuas
na penumbra da solidão,
caminhos áridos que, bem sabemos,

desembocarão em novas encruzilhadas.

Equinócios

Nem um som, nem um estilhaço
a remoer o ar. Verto num copo
um pouco de civilização
e enveneno esta noite de canícula:

uma visão abrupta
de um pormenor oculto
ou do amor por consumar
haverá de me trazer, no limiar da loucura,
o antídoto – e encontrarei de novo
breves equinócios
nas veias do meu corpo.

«Sedento de outro tempo?»,
pergunta-me uma voz, vinda do fundo
do copo, como num coro trágico.
«Nenhum outro tempo me pode conter»,
respondo. «Este pertence-me por inteiro.»

E, depois, nenhuma voz ou som,
nem um estilhaço a remoer o denso ar nocturno.
Qualquer dia sucumbo, numa noite
de canícula sem antídotos,
numa tragédia de verdades delicadas.

Fotografia de um grito

Os gritos de pânico no interior
dos casulos não eram muito importantes
para a sintonia de simulações.

Uma mão feérica alisava
os cabelos dispersos pelo vento, as pontas
soltas do quotidiano, e alimentava
a velocidade das transacções: a grande empresa
de motores sombrios & dias luminosos.

E embora os gritos de pânico
não se revestissem
de qualquer artifício
eram indefinidos, indistintos, inefáveis.

Ao primeiro olhar, éramos todos unos:
uma espécie já extinta
numa dócil coreografia fotográfica.

Terceiro nascimento

Uma segunda vida
[e a acção é irreversível],
uma segunda vida a projectar-se
como um deus, dentro e fora
de qualquer estática.

Uma outra forma
de olhar – digital e intensa.
Tão intensa na sua aparência
que quase se julgaria a única.

Reconstrução

A mulher, enigmática, afaga
gentilmente uma papoila, nascida
no caos de uma cidade em reconstrução,
mas não repara que quebra
algumas das frágeis pétalas.

[deixa-a ficar nesse desconhecimento,
enquanto a examinas sobre o ombro
e os seus olhos libertam uma quantidade
repentina de fragrâncias exóticas.
A flor sobreviverá,
e a mulher jamais se sentirá perturbada
pelo facto de, no gesto inocente,
outrora motivo de pinturas e odes,
quase ter destruído
a beleza vital de uma planta.]

Plenitude solar

Quando eu era só
um quarto escuro e tu vieste,
abrindo de imediato as persianas,
nenhum indício me prevenira
para a súbita abundância de luz.

Eu era só um quarto escuro, uma divisão
esconsa onde nem as crianças
entravam à descoberta dos espaços ocultos.

Quando tu vieste,
envolta numa luminosidade
de horizontes dispersos, fazia ainda frio
e tudo era inerte ou temeroso.

Como poderia eu, logo então,
partilhar contigo a plenitude solar?

As primeiras metáforas – I

Houve um ser,
anterior a estes e ao abismo.
Chovia. O ser apontou
o céu e disse «olha como
as nuvens choram». Foi o primeiro.
As palavras eram ainda leves
e, naturalmente, era também possível
dizer coisas belas e imprevistas
como um relâmpago.

As primeiras metáforas – II

Teria já ele os olhos afogados
em dilúvios, ou apenas a serenidade
das evidências, a rigorosa lucidez
de uma transfiguração?

Choremos também nós,
irmãos do mesmo sangue,
por esse ser que não sabemos,
um pouco dessas nuvens.

As primeiras metáforas – III

Uma metáfora plena, remota,
crescendo ao longo dos tempos
até à sua impossibilidade

– apontar o espaço inabitável
de tal modo que, enquanto as nuvens
se derretem em intervalos harmónicos
ao longo da estação

e os novos descendentes
vão minando a casa planetária,
não falte um apeadeiro ou uma direcção
para a semântica existencial.

Neptuno

Neptuno dorme; e não grites em pânico
se te for essencial deixá-lo dormir por um pouco.
A água das fontes corre impotável
e a cidade cresce na noite como uma clareira
onde nenhum encontro é possível: ampla e luminosa,
sustém em rede todas as formas de esquecimento.
Neptuno dorme, nas rotundas e nos jardins,
gasto como um velho adorno, consumido
pelo êxtase lúdico da amnésia. Por isso,
não lhe grites em pânico; e se te for urgente
interromper o fluxo dos resíduos em excesso,
se te for essencial dormir também por um pouco,
sê breve nesse sono, e traz contigo a torrente
de uma fonte impoluta.

Ao sabor da brisa

Enquanto eles se fundiam no espaço,
o universo ia caindo a pique pelo resto da galáxia,
sem deixar uma ferida ou uma nódoa negra
visíveis a olho nu.

Ao sabor da brisa,
e alheios ao voo circundante das aves nocturnas,
corríamos na eterna fuga ao encontro do porvir,
porque a Primavera trazia de novo pólen, alergias,
e a sensação de que a vida ia, também ela,
correndo fugazmente, na contracção de corpos
em pequenos habitáculos, estacionados num ermo
ou à beira da estrada.

Órbitas exteriores

Aquela lua em pleno Inverno,
entrando de rompante pela nossa varanda,
demasiado ampla para a trajectória regular
dos satélites naturais.

Aquela noite em que os astros
se expandiam à distância, trazendo o frio
e o silêncio das órbitas exteriores.

Aquela meia-lua flectida sobre as sombras
e por entre a chuva,
lembrando mais uma vez
como o amor resiste
às noites que atravessam o Inverno.

Alta voltagem

Meia-lua intermitente. E a alta voltagem
da noite ocupando todas as linhas de fuga:
quando libertas uma palavra, edificas igualmente
um contíguo vazio. Que farás com eles?, se na verdade
o movimento da tua boca, ténue, quase rígido,
constrói dois projécteis, dois monumentos
– portais que se dissolvem
no sentido da sua origem e destino.

Caixa mitológica

As divindades

As divindades choravam lágrimas
ígneas junto ao berço sideral do mundo
e os humanos recém-nascidos,
incapazes de compreender o efeito
irreversível das fúrias momentâneas,
cortavam laços com o passado,
escreviam cartas sonsas ao futuro.

As divindades esperavam por um oráculo
que diagnosticasse com exactidão
a crónica disfuncionalidade das espécies
e, entretanto, com espasmos de loucura,
compunham e recompunham
os balanços para o berço da morte.

Mercúrio

Repetes
«a dias felizes»
enquanto bebemos mercúrio
através de copos partidos
e decidimos transformar visões
paradigmas e mais alguma coisa
[se mais alguma coisa existisse]
e depois surge uma pausa confusa
o sem-sentido
o inatingível
antes de um novo copo nos rebentar
nos lábios – deixando a sensação
de que apenas mudámos
o contorno das nossas feridas.

Minimal existencial

Quando morrermos,
não haverá divisões, nem fronteiras, nem estatutos.
Haverá, quando muito, um nome.

[tu sabias, querida Emily,
tu sabias quando disseste
«*forever – is composed of nows –*»]

Haverá valas comuns, túmulos
opulentos, gente que chorará a partida
de alguns, ignorando a vida de outros.

Quando eu morrer,
enterrem o caixão longe do meu corpo.

Um mundo sem pássaros

Das enseadas, onde permanece ainda
um sereno eflúvio de infinito, avisto as aves
que partem, envoltas numa propulsão musical.
Um acordeão cintila no firmamento e é apenas,
penso, o tempo de apogeus que hiberna.

À luz das cidades concêntricas,
dir-se-á que a partida é uma fuga sem destino,
que o mundo acorda definitivamente sem pássaros,
e todas as zonas marginais serão submersas.

Dormiremos cem mil anos
[e como?], ou somente uma vida,
uma geração, até que as aves regressem.

Títulos das Edições Jabuticaba

Discoteca Selvagem
Cecilia Pavón
trad. Mariana Ruggieri e Clarisse Lyra

Estrelas brilham, mastigam lixo
Reuben
posfácio Júlia de Carvalho Hansen

Sereia no copo d'água
Nina Rizzi
posfácio Estela Rosa

Por qual árvore espero
Eileen Myles
trad. Mariana Ruggieri, Camila Assad e Cesare Rodrigues

Variações sobre tonéis de chuva
Jan Wagner
trad. Douglas Pompeu

A invenção dos subúrbios
Daniel Francoy
posfácio Guilherme Gontijo Flores

Que tempos são estes
Adrienne Rich
trad. Marcelo F. Lotufo

Por trás e pela frente primeiro
Kurt Schwitters
trad. Douglas Pompeu

As Helenas de Troia, NY
Bernadette Mayer
trad. Mariana Ruggieri

O método Albertine
Anne Carson
trad. Vilma Arêas e Francisco Guimarães

O hábito da perfeição
Gerard Manley Hopkins
trad. Luís Bueno

Os elétrons (não) são todos iguais
Rosmarie Waldrop
trad. Marcelo F. Lotufo

Cálamo
Walt Whitman
trad. Eric Mitchell Sabinson

Nocaute / 6 poetas / Cuba / hoje
org. José Ramón Sánchez
trad. Rodrigo A. do Nascimento e Mariana Ruggieri

Moldávia
Timo Berger
trad. Douglas Pompeu

A história do leite
Mónica Ojeda
trad. Ayelén Medail

Ova Completa
Susana Thénon
trad. Angélica Freitas

Sotto Vocce e outros poemas
John Yau
trad. Marcelo Lotufo

Diário de Classe
Antonio Arnoni Prado
apresentação Vilma Arêas

Percurso livre médio
Ben Lerner
trad. Maria Cecilia Brandi

O velho que não sente frio
Daniel Francoy

Vontade de ferro
Nikolai Leskov
trad. Francisco de Araújo

Cidadã
Claudia Rankine
trad. Stephanie Borges

X, Y, Z
Carolina Tobar
trad. Marcelo Lotufo

Cada um a seu modo
Marcelo Lotufo
posfácio Vilma Arêas

Mundo Barbie
Denise Duhamel
trad. Miriam Adelman, Julia Raiz, Emanuela Siqueira

Os meus poemas não mudarão o mundo
Patrizia Cavalli
trad. Cláudia T. Alves

Próximos lançamentos

Filhos de Adão
Walt Whitman
trad. Eric Mitchell Sabinson

No ano de 2040: poemas
Valéri Pereléchin
org. Bruno Gomide e Rodrigo A. do Nascimento
trad: Letícia Mei

Virá a morte e terá os teus olhos
Cesare Pavese
trad. Cláudia T. Alves e Elena Santi

Pastores e mestres
Ivy Compton-Burnett
trad. Vilma Arêas e Francisco Guimarães

Bate um coração
I Acevedo
trad. Paloma Vidal

Este livro foi impresso na gráfica Forma Certa,
em papel pólen soft 80 g/m^2 e cartão 250g/m^2
e composto em Garamond e Cagliostro.